RÜCKKEHR IN DIE NACHT

CLEMENS MEYER

RÜCKKEHR IN DIE NACHT

Illustriert von PHILLIP JANTA

Connewitzer Verlagsbuchhandlung Peter Hinke

FRANK SAGTE MIR,

dass er immer gern am Meer gelebt hätte. Er liebte die Autos und lebte von den Autos, aber eigentlich träumte er von den Schiffen. Er war Anfang Sechzig, als er mir das erzählte und als ich ihn wiedergetroffen hatte nach vielleicht sieben, acht Jahren. Ich hätte ihn fast nicht erkannt, so eingefallen war sein Gesicht und ich sah seine knochigen Schulterblätter durchs T-Shirt. Er war immer schon recht klein gewesen, aber breitschultrig und voll Energie und angespannt wie eine Sprungfeder, seinen kantigen Kopf leicht gesenkt beim Gehen; aber seine ganze Kraft schien jetzt verschwunden. Es war dunkel unter Deck und draußen schon Abend, nur eine kleine Kerze brannte und wir lauschten auf die Geräusche der S-Bahnen und Nahverkehrszüge, die hin und wieder über die Brücke und den Bahndamm fuhren. Sehr langsam und mit einem Zischen, das wohl von der Hydraulik der Bremsen kam, aber bei geschlossener Luke und im Licht der Kerze klang es wie das Zischen und Fauchen alter Dampflokomotiven. Weiter hinten war noch eine andere Bahnstrecke, über die rumpelten nachts die Güterzüge. Ich wusste, dass sie auch am Tag fuhren, aber man konnte sie erst richtig hören, wenn die Straßen leer waren.

Ich war zurückgekommen, weil ich nicht wusste, wohin, und die kleine Jacht unterhalb des Bahndamms stand schon seit Jahren unbeachtet zwischen den Steinhaufen und Büschen und verfallenen Schuppen des Fabrikgeländes. »Hast du was zu trinken?«, flüsterte er. Seine Stimme klang heiser, hatte immer heiser geklungen, weil er meistens sehr laut geredet, fast schon gebrüllt hatte, wenn er bei der Arbeit war, unter den Autos rumkroch, Blech zerflexte, schraubte, schweißte, außerdem rauchte er wie ein Schlot, hatte immer

eine Kippe oder einen Zigarillo im Mundwinkel, aber jetzt schien es, er würde schlecht Luft kriegen beim Reden. »Was Richtiges?«

Ich sah wie sein Schatten sich an der gewölbten Wand bewegte. »Kann nochmal losgehen«, sagte ich.

»Nein, nein, nein.« Jedes Nein wurde ein bisschen leiser. »Ich will nicht, dass jemand weiß, dass ich hier bin.«

»Ist doch klar«, sagte ich, »ist doch deine Jacht.« Er hatte sie vor ungefähr zehn Jahren irgendwo hergeholt, bei irgendeinem Typen ganz in der Nähe gekauft oder gegen ein Auto getauscht, ich erinnerte mich nicht mehr ganz genau, und sie dann mit ein paar Leuten auf einem kleinen, halb kaputten Anhänger durch die Straßen des Viertels geschoben. Dabei hatte er genug Autos in seiner kleinen Werkstatt stehen, die er irgendwie vor den Anhänger hätte spannen können, aber er wollte, dass es jeder sieht, er und seine Jacht zwischen den Häusern, wollte, dass der Verkehr sich staute auf der Hauptstraße, als sie sie durch das eiserne Tor neben dem Bahndamm schoben, immer weiter auf das große Gelände, obwohl er nur eine alte Garage und ein paar Quadratmeter neben diesem Tor gemietet hatte, aber dort standen ja die Autos ... Ich hatte das mit der verrotteten Jacht damals nur für einen weiteren Unsinn gehalten, den er bald wieder vergessen würde, eine seiner Marotten, und dass er sich immer nach dem Meer gesehnt hatte, erfuhr ich erst jetzt.

Ich öffnete vorsichtig die Luke, sagte: »Bin gleich wieder da«, und verschwand in die Nacht. Obwohl erst acht Jahre vergangen waren (oder war das viel?, ich wußte es nicht), war alles seltsam fremd hier und noch am Morgen hatte ich nie daran gedacht, hierher zurückzukommen, und noch viel weniger daran, ihn wiederzusehen.

ALS ES AN DER TÜR KLINGELT, sitze ich sofort aufrecht im Bett. Ich kenne die verschiedenen Arten des Klingelns, jetzt ist es 8 Uhr 40, und dieses Klingeln ist böse und aggressiv. Kurz und druckvoll, mehrfach hintereinander. Die Klingel schnarrt dann richtig, kratzig klingt das und dringt wie ein langer Speer, wie eine bösartige Lanze durch den langen Flur, der so lang gar nicht ist, und stößt an alle Wände und Türen.

Ich habe meine Jeans beim Schlafen anbehalten, man ist vorbereitet, wenn man in der Kleidung schläft. Ich sitze an die Wand gelehnt, meine Beine fühlen sich etwas taub an unter dem rauen Stoff. Es klingelt immer noch, Stakkato jetzt. Der Postbote oder der Paketdienst klingelt anders, viel weicher klingt das, eher fragend, ob da jemand ist hinter den dunklen Scheiben bzw. den schwarzen Jalousien, die bei mir fast immer geschlossen sind.

Ich wohne im ersten Stock und kann einen Blick aus dem Fenster riskieren. Die Lamellen der Jalousie unmerklich mit den Fingerspitzen etwas nach oben bewegt. Mein T-Shirt ist feucht, ich muss geschwitzt haben, als ich in den Träumen rannte und rannte. Ein Mann steht mitten auf der Straße und blickt zu mir hoch. Hinter ihm hupt ein Auto und er geht ein paar Schritte Richtung Fußweg.

Früher habe ich im Erdgeschoss gewohnt und da war es riskant, sich am Fenster zu bewegen, auch wenn die Scheiben die Straße und die Grünfläche gegenüber spiegelten. Der Mann ist klein und drahtig, trägt ein kurzärmeliges T-Shirt, und ich blicke ihm direkt ins Gesicht. Schmal, dunkle Haare, Hakennase, zumindest im Ansatz. Hau ab, du hässlicher Vogel, denke ich, wer immer du auch bist. Da muss noch ein anderer Mann sein, denn jetzt bewegt er die Lippen, hebt einen Arm, läuft Richtung Haustür aus meinem Blickfeld. Ich gehe durchs Schlafzimmer in den Flur.

In der Küche flüstert das Radio, ich habe rund um die Uhr den Infokanal eingeschaltet. Manchmal erschrecke ich über die leisen Stimmen aus der Küche, wenn ich nachts aufwache, aber dann beruhigen sie mich sofort und meistens, aber eigentlich sind es auch nicht die Stimmen aus der Küche, die mich erschrecken, sondern die in meinen Träumen, von denen ich aufwache.

Ich schalte das Radio aus, blicke auf den Hinterhof, den Baum vorm Fenster, es ist immer gut, einen Baum vorm Fenster zu haben. Ich gehe kurz zum Fenster, höre Geräusche im Treppenhaus. Draußen auf dem Fensterbrett liegt eine tote Hummel. Sie sieht recht groß aus durch die Scheibe. Jemand läuft durchs Treppenhaus, von oben kommend, sicher haben sie noch woanders geklingelt, die Haustür ist meist zugeschlossen und niemand kann die Typen reinsummen. Sie müssen hartnäckig gewesen sein, um jemanden zu bewegen, ihnen die Tür aufzumachen. Aber vielleicht wollen sie gar nicht zu mir, vielleicht haben sie nur bei mir geklingelt, um zu jemand anderem im Haus zu gelangen, der wie ich nicht an die Gegensprechanlage gegangen ist ... Aber nein, zu viele Dinge sind offen, zu viele Briefe liegen ungeöffnet unten im Briefkasten. Und während ich Stimmen im Treppenhaus höre, leise noch wie die aus dem Infokanal in den Nächten, mache ich das Fenster einen Spalt auf, gerade weit genug um aufs Fensterbrett zu greifen und die Hummel vorsichtig zwischen Daumen und Zeigefinger zu nehmen. Unter meiner Daumenkuppe fühlt sie sich ganz weich an, ein kleines Fell, nur ihre schwarzen Beine piksen in die Innenseite meines Zeigefingers. Auf dem Küchentisch ist ein leeres Blatt Papier, das muss ich irgendwann aus einem Notizbuch oder so rausgerissen haben, und darauf lege ich sie. Dann sehe ich, dass es doch kein Notizblatt ist, sondern irgendein Stück irgendeines Briefes, ein paar gedruckte Buchstaben noch oben am Rand, aber die Hummel balanciere ich in die Mitte. Als sie beginnen, an meine Tür zu schlagen, hocke ich mit ihr im Flur. Als ich am Küchentisch vorbeiging, bin ich über etwas gestolpert, aber ich drehe mich nicht um und halte das Papier mit der Hummel. Sie ruht auf der Seite, den Rücken mit den stummeligen Flügeln drauf leicht zusammengekrümmt, die Beine seitlich abgespreizt, so wie ein Hund, wenn er auf der Seite liegt, oder wie man liegt, wenn man Rückenschmerzen hat oder krepiert.

BUMM BUMM BUMM »Machen Sie auf Herr Nowak!« Aber Herr Nowak war nicht zu Hause.

DIE DOPPELSTÖCKIGEN S-BAHNEN sind immer sehr hell in den Nächten. Das musste schon fast die letzte sein, die fuhr, nach Mitternacht. Das Licht aus den Waggons fiel auf die Jacht. Ich konnte das kleine Bootshaus sehen, oder sagte man Kajüte?, ein Bootshaus ist doch etwas am Ufer oder Strand, der abgebrochene Mast warf einen schiefen Schatten auf den mit Grasbüscheln und Steinen bedeckten Boden neben dem Schiff. Ich hatte keine Ahnung und hatte mir auch nie Gedanken gemacht, aber zum Segeln taugte das Ding wahrscheinlich nicht. Ich konnte mich an die rostige Schiffsschraube erinnern, an der er drehte und drehte, und wie er einmal von der ganz speziellen Beschaffenheit des Motors, der Maschine, erzählt hatte. Er hatte das Schiff mit einer großen Plane zugedeckt. »Dahinten steht es erstmal gut. Und wenn der Frühling kommt, fange ich an.«

»Hast du schon mal ein Schiff gehabt? Hast du überhaupt Ahnung von solchen Booten?«

»Das ist eine *Jacht«,* sagte er und nickte mit seinem kantigen Kopf in die Richtung, wo der Bahndamm verlief und sein neues Schmuckstück stand, und seine öligen Hände waren schon wieder in einer der offenen Motorhauben seines verbeulten Fuhrparks verschwunden, »jeder Motor ist doch irgendwie gleich, guck, das ist das Herz, Muskeln, Gefäße, Schläuche, bumm-bumm, bumm-bumm, siehst du, da läuft es, da treibt es, da greift es ineinander«, er griff durchs offene Seitenfenster und drehte den Zündschlüssel. Manche seiner Karren musste er kurzschließen oder das Zündschloss auswechseln, das hatte ich ein paarmal gesehen, »wäre doch gelacht ...«, der Motor brummte und der Keilriemen rotierte und vibrierte ... »Wenn *du* das nicht hinkriegen würdest, wer sonst ...«, sagte ich.

Er lachte und fummelte dann eine Weile schweigend in der Karre rum. Auf dem Dach eines anderen Autos, einer Mercedes Limousine aus den Achtzigern, zumindest sah sie aus, als wäre sie aus den Achtzigern, standen ein paar Flaschen Bier. Manche voll, manche halb-

voll, einige leer. Dabei war er meistens allein zu der Zeit, ich weiß noch und erinnere mich, dass damals seine Frau, seine halbwüchsigen Kinder und seine ölverschmierten Freunde eine ganze Weile nicht auftauchten, als hätten das Schiff und seine geheimnisvollen Pläne sie in andere Wasser getrieben; aber er trank wahrscheinlich für sie mit, hatte immer ein paar Flaschen am Start, falls doch jemand kam, und meistens bot er mir was an. Die Limousine hatte sogar noch einen Stern vorn auf der Haube.

»Und wenn der alte Kasten nichts mehr taugt«, brüllte er plötzlich neben mir, dass mir die Ohren dröhnten, und schmiss die Motorhaube zu, »dann schlachte ich alles aus und verkaufe es fürs Doppelte!«

Die Fläche hinterm Tor und der Mauer, wo seine Autos gestanden hatten, war leer. Seit ein paar Jahren schon, kurz nachdem ich weggegangen war, war auch er verschwunden mitsamt seinen geliebten Autos. Etwas Genaues wusste keiner, aber ich hatte mich auch nie richtig umgehört, wollte nichts wissen und hören davon, und blickte nur manchmal, wenn ich mit der S-Bahn oben über die Brücke und den Bahndamm fuhr, auf die verfallene Garage, den mit Unkraut und Grasbüscheln zugewachsenen Steinboden und natürlich die Jacht, die weiter hinten und im Windschatten des Bahndamms unerschütterlich allen Gezeiten standzuhalten schien.

Und als ich mich jetzt umdrehte, die Lichter der S-Bahn waren schon längst verschwunden, eine Weile konnte ich sie noch sehen zwischen den Gartenanlagen und Häusern, der Bahndamm zerschnitt das Viertel bis weit vor die Stadt, schien die alte Jacht noch genauso tot zu sein, nur die Plane war nicht mehr da, kein Mensch wäre auf den Gedanken gekommen ..., aber wer weiß, wie lange er dort schon hauste, und auch ich hatte meine Gründe, um zurückzukommen.

Eine dicke Eisenkette mit einem Schloss hielt die Torflügel zusammen und ich kletterte vorsichtig rüber auf den Fußweg. Ich war immer etwas ungelenk gewesen und brauchte auch jetzt etwas, bis ich mein Bein über die rostige Brüstung geschwungen hatte, war aber schon am Morgen geklettert, ein paar Mal sogar, und als ich federnd in der Hocke aufkam, rollte ich mich sofort in den Schatten der Mauer. Ich fühlte mich geschmeidig plötzlich, sicher in der Nacht, und doch tat mir der Rücken weh, als ich mich langsam aufrichtete.

Links. Rechts. Der Fußweg und die Straße sind leer. Was war das für ein Geräusch? Ein Rauschen. Dann wieder Ruhe, dann wieder dieses doch sehr laute Rauschen. Vor mir liegt dunkel die Brücke. Ich blicke vorsichtig die Reihe der Häuser auf meiner Seite entlang. Nur ein paar Straßenlaternen brennen. Links die Häuser, rechts vor mir die Brücke, hinter der Brücke die Lichter der Tankstelle. Ein Stück nach der Tankstelle noch eine Brücke, über die fahren die Güterzüge, dann endet die Stadt.

Und jetzt weiß ich, woher dieses Rauschen kommt. Auf der anderen Seite, also mir gegenüber, gibt es keine Häuser. Ein Bauzaun verläuft dort, weg von den Brücken, in einem geschwungenen Bogen, genau wie die Straße, stadteinwärts. Und hinter dem Bauzaun ein Wald. Dort hatte vor vielen Jahren eine sehr große Fabrik gestanden. Aber so dicht und hoch war er noch nicht gewesen, als ich damals aus dem Viertel verschwand. Und jetzt fährt der Wind in die Wipfel der Bäume. Ich kann sogar sehen, wie sich die Schatten dort auf dem Pflaster vor dem Bauzaun bewegen; aber das wie ein großes Zirkuszelt gewölbte Grün, das jetzt fast schwarz aussieht in der Nacht, scheint wie aus Stein und unbeweglich. Nur wenn man lange hinschaut, sieht man die Bewegung. Aber dieses Rauschen. Wenn man das hören könnte, drüben auf dem Boot, ich werde die Luke offen lassen, wenn ich zu ihm zurückkomme, muss nur noch zur Tankstelle, ein paar Getränke kaufen, er sagte mir doch vorhin, dass er immer gern am Meer gelebt hätte.

Unter der Brücke blieb ich stehen. Wasser tropfte von oben. Dann, etwas fehlt *dazwischen* in der Bewegung, vielleicht habe ich mich in

12fly
209

Gedanken verloren, als ich auf das verfallene Haus gegenüber der Tankstelle geschaut habe, was war das früher für ein Laden?, dessen Fensterfront jetzt offen ist, das Schild drüber so verwittert, dass die Buchstaben nicht mehr zu erkennen sind, also dann stehe ich plötzlich vorm Nachtschalter der Tankstelle, vielleicht hat mich auch unter der Brücke die Telefonzelle fasziniert, die direkt neben dem offenen Schaufenster des alten Ladens gelb leuchtet, ich habe dort oft telefoniert vor sieben, acht, neun und mehr Jahren, das Haus schon damals fast genauso verfallen, ich rieche das Benzin, ziemlich stark, als Kind habe ich sehr gerne in den Drogerien gestanden und die Gerüche von Lösungsmittel und Bohnerwachs eingeatmet, lange stand ich dort und atmete tief durch die Nase, verfiel in eine Art Trance und schloss die Augen, bis meine Mutter oder der Verkäufer, meistens war es eine Verkäuferin ... ein Summen hinter mir, als ich mich umdrehe, ein großer Tanklastwagen mit Firmenlogo, ein Mann mit einem Schlauch daneben, der im Boden zu verschwinden scheint, wo ist der Verkäufer?, ab elf wird nur noch am Nachtschalter bedient, die Verkaufstheke hinter der Glasscheibe ist leer, das lange Regal mit den Zigaretten und Schnapsflaschen, Bierkästen übereinandergestapelt mitten im Raum, die Kühlregale hinter den Glastüren, als wäre die Nachtmannschaft in die Nacht verschwunden, und das gleichmäßige Summen des Benzins, das in die unterirdischen Tanks geleitet wird, hinter mir, und als ich so stehe und warte, sehe ich das Auto, das sich sehr langsam vom Stadtrand nähert und jetzt unter der zweiten Brücke steht, über die die Güterzüge fahren, grün, dunkelgrün, oder ist es blau?, sind sie nicht alle blau geworden wie in Hamburg?, und ich renne. »Was möchten Sie bitte?« Die Stimme wie durch ein Funkgerät, Gegensprechanlage, der Infokanal in den Nächten, und als ich renne, über die Straße, den Fußweg, Haken schlage vorher zwischen den Zapfsäulen, habe ich mich unter dem pulsierenden Schlauch hindurchgewunden?, der Mann, der ihn mit beiden Händen hält, trägt

Arbeitshandschuhe, und ich renne, das Auto direkt neben mir, ein seltsames Blau ist das, ich muss zu den Hafenanlagen mit den verfallenen Speichern kommen und dem kleinen Wald dahinter, aber das ist doch ganz woanders, am anderen Ende der Stadt!, und plötzlich fühle ich etwas in meiner Brusttasche. *So viel Zeit muss sein.* Die Werbung im Nachtfunk. Kronkorken klappern. Irgendjemand wurde schwer verletzt, sagt der Sprecher. Nachrichten. Ich fühle etwas in meiner Brusttasche, meiner Hemdtasche. Das bewegt sich. Muss nachschauen. *So viel Zeit – schenkt ein!* Und im Dunkel der Seitenstraßen, obwohl das Auto ... wo ist es?, schaue ich. In ein Stück Papier gewickelt liegt eine Hummel, ein Pelz mit stummeligen Flügeln, die Beine piksen in meine Handfläche. Ich habe versprochen, Getränke zu besorgen. »Hallo? Was möchten Sie bitte?«

»**HALLO!**« Es ist nicht leicht, sich in der eigenen Wohnung zu verstecken. »Hier ist die Kriminalpolizei!« BUMM BUMM BUMM

Welcher Tag war überhaupt? Montag. Niemand hat die Pflicht zu öffnen, wenn es klingelt, und schon gar nicht, wenn sie gegen deine Tür treten. »Niemand hat die Absicht, eine Mauer zu öffnen«, flüstere ich, den Kopf dicht überm Boden, ein Staubpartikel kitzelt mich in der Nase. Helles Sonnenlicht hinter mir in der Küche. Ich bin so still, dass ich glaube, die Blätter des Baumes vorm Fenster im Wind rauschen zu hören.

»Mach das Brett auf!«

Ich drehe mich vorsichtig auf den Rücken und blicke an die Decke des Korridors. Dort, wo die Lampe sein müsste, ringeln sich schwarze Kabel aus dem Gipskarton.

»Wir wissen, dass du da bist!«

Mit den Füßen ziehe ich meine Schuhe zu mir ran. Ist es rechtens, dass man mich duzt? Vorhin haben sie mich noch »Herr Nowak« genannt. Das können keine Polizisten sein, oder doch? Irgendwas war noch offen, oder hatte ich das bezahlt? Hatte ich Ärger gehabt mit irgendwelchen Leuten, also der Art von Leuten, die dann gegen deine

Tür treten und versuchen mit Gewalt in deine Wohnung und zu dir zu kommen ... aber diese Art von Menschen lauern dir in dunklen Ecken auf, verfolgen dich erst, wenn du das Haus verlässt, oder fangen dich in dunklen Ecken ab, wenn du auf dem Weg nach Hause bist. Haben die Nachbarn die Bullen gerufen, weil sie denken, dass hier irgendwas nicht stimmt. Aber was soll nicht stimmen? Ich bin allein.

BUMM BUMM »BRETT AUF!« BUMM. Die Tür bewegt sich in den Flur hinein. Ist eine Flügeltür, und wenn man lange und stark genug drückt, kann sie aufspringen. Ich habe nicht abgeschlossen über Nacht, obwohl ich das meist tue, war zu müde gewesen, um noch mal aufzustehen, und nur das Schnappschloss hält die Flügel zusammen. Die Tür knarrt und quietscht unter den heftigen Bewegungen. Ich habe Waffen in der Wohnung. (Eine Axt. Mehrere Messer. Eins davon ist lang und scharf.)

Ich wickele die Hummel vorsichtig in den zerrissenen Brief. Die kleinen Beine und Flügel kratzen und rascheln leise auf dem Papier. Ich bewege mich auf dem Boden wie ein Fisch, der an den Strand gespült wurde. Ich presse den Rücken an die Türflügel. Die Türfenster sind mit einem zerschnittenen Tischtuch zugehängt. Wenn ich aufstehe, könnten sie meinen Schatten sehen. Oder Schemen. Was weiß ich. Ich schiebe das zusammengefaltete Papier mit der Wölbung in der Mitte in meine Brusttasche.

»WOHER WEISST DU, DASS ICH HIER BIN?«

Ich saß auf dem Boden, lehnte den Rücken an die hölzerne Wand.

»Ich wusste es nicht.«

»Hast du was zu trinken dabei?«

»Ich könnt nochmal losgehen ...«

Das Rumpeln und Zischen der letzten S-Bahn. Im Hafenbecken, am anderen Ende der Stadt, gibt es keine Schiffe. Der Kanal endet mitten im Land. Wenn ich die Augen schloss, und eigentlich musste ich sie nicht schließen, weil es sehr dunkel war unter Deck, nur die Kerze flackerte, war fast runtergebrannt, und ihr spärliches Licht warf Schatten durch den kleinen Raum, aber wenn man sich etwas vorstellen will, ist es immer besser, die Augen zu schließen; jedenfalls kam es mir so vor, also wenn ich die Augen schloss, und je länger wir dort saßen, den Rücken an dem alten Holz, wie alt diese Jacht wohl war? Er hatte damals mal was erwähnt, aber ich konnte mich nicht mehr erinnern. »Ein Museumsstück, eine echte Antiquität, aber noch top in Schuss! Die werd' ich aufbauen und dann fahren wir Angeln, draußen auf den alten Tagebauen, oder ich verkauf das Schmuckstück an einen reichen Wessi, die wissen sowas noch zu schätzen, ach verdammt nochmal, dieses Schiff ist das beste Geschäft, das ich je ...«, und da gluckerte draußen das Wasser und rieb sich mit diesem seltsamen Geräusch am Rumpf, und das Schiff schwankte, und auch wenn ich die Augen wieder öffnete, schien es noch zu schwanken, und die Kerze flackerte und rußte stärker als zuvor, als würde der salzige Wind durch die Luke pfeifen.

»Weißt du noch«, flüsterte er plötzlich, nachdem er eine ganze Weile geschwiegen hatte, »der Golf von Margot Honecker, weißt du das noch ...?«

»Ja«, sagte ich und wunderte mich etwas, dass er jetzt darauf kam, »das war dein großer Coup damals.« Er hatte den Kopf auf seine Knie gelegt. Ich wollte ihn fragen, wie lange er hier schon saß, ganz alleine, wo er herkam, wo er gewesen war in den Jahren, oder hatte ich ihn das schon gefragt? Wer weiß, wie lange er nichts Richtiges mehr gegessen hatte, in einer Ecke neben einem bunten Stoffbeutel standen ein paar leere Konserven und eine Plastikflasche mit Wasser, direkt neben ihm lagen vier zerdrückte Bierbüchsen. Das wunderte mich, denn kaum einer trank heutzutage noch Büchsenbier wegen des Pfandes, aber vielleicht hatte er die schon vor Jahren hier deponiert. Als er den Golf von Margot Honecker eines Tages plötzlich aus Berlin mitgebracht hatte, laut lachend und hupend hatte er vor unserem Fenster gehalten, ich wohnte mit meinem Bruder zusammen, die Fahrzeugpapiere geschwenkt

und so laut gebrüllt »Das ist Margots Auto«, dass es jeder im Viertel hören musste, das war Mitte der Neunziger gewesen, wenn ich mich richtig erinnerte. Er hatte die Karre, einen Golf 2, dort irgendwo billig gekauft, bei einem Türken oder Russen glaube ich, und erst auf der Rückfahrt in den Fahrzeugpapieren gelesen, wer vor vielen Jahren einmal mit dem Teil durch Berlin und die Zone kutschiert war. Er hatte die Karre dann wieder hergerichtet, hatte es dann überall annonciert, der Golf von Erich seiner Frau, und ihn dann für einen ziemlichen Batzen wieder verkauft.

»Weißt du noch«, flüsterte er, »als mein Bruder damals starb, war ich da da oder war ich da weg, kannst du dich erinnern?«

»Ich wusste nicht, dass du einen Bruder ...«

»Doch, doch. So wie du. Jonas mit seinem kleinen weißen Hund, der war so dick, mein Bruder, war so fett, dass er Titten hatte wie eine Frau. Und als er gestorben ist, Brustkrebs, weiß du nicht mehr, welcher Mann kriegt schon Brustkrebs, ich habe nie gewusst, dass so etwas auch bei Männern vorkommt, da war ich ... sag du's mir, war ich da weg, war ich da hier, oder saß ich da ein?«

»Ich weiß es nicht, ich weiß es wirklich nicht.«

Ich erinnerte mich an einen dicken Mann mit einem kleinen weißen Hund, einer von diesen winzigen, die wir »Nuttenfiffies« nannten, aber sein Bruder? Vielleicht kann ich mich nicht erinnern, weil ich mit meinem kleinen Bruder genug zu tun hatte in den Jahren. Oder die Dinge gerieten aus den Fugen in Franks Kopf. So wie sie in meinem aus den Fugen geraten. Ein paarmal war der Typ mit dem kleinen weißen Hund auf dem Hof neben der Garage gewesen, wo die Autos standen, sie hatten kurz geredet, ein Freund, ein Kumpel, hatte ich gedacht, ich wusste nicht viel von seiner Familie, kannte nur seine Frau und die Kinder, von denen ich nicht mal wusste, ob sie alle von ihm waren. Ich wohnte zwar direkt nebenan und ich hing oft bei ihm rum, aber über solche Dinge redeten wir nicht viel, ich hatte selbst genug zu tun, hatte Arbeit, meistens, musste mich um meinen kleinen Bruder kümmern und ihn durchfüttern, der sich anscheinend nichts aus den Autos und der Werkstatt und meinem neuen alten Freund machte. Und es stimmte, ab und an verschwand Frank für ein paar Wochen, Monate, aber man fragte dann nicht so genau. Seine Frau und seine Kinder wimmelten dann über den Hof und durch die Garage, sie trank Bier mit seinen Kumpels, die plötzlich von überall her auftauchten und auf eigene Faust an den Karren rumschraubten und vielleicht auch an ihr. Er hatte mir mal erzählt, dass er in den ersten Jahren nach der Wende für einen der neuen Zuhälter die Mädels rumgefahren hatte, also zu den Kunden oder nach Hause, wenn sie Feierabend hatten. Und er hatte wohl auch für gutes Geld die Karren von den Typen behandelt, die damals anfingen, das Rotlicht zu übernehmen. Hätte er mir schon damals vom Meer erzählt, ich hätte mir vorgestellt, wenn er weg war, dass er irgendwo an der Ostsee oder vielleicht sogar am Mittelmeer am Strand saß und die Schiffe beobachtete. Und tatsächlich sah er immer recht erholt aus, wenn er dann plötzlich wieder auftauchte, bei mir klingelte, meinen Strom bezahlte, mit mir Bier trank und mir seine neuesten Autos zeigte oder von seinen großen Plänen erzählte.

»Unser Vater«, sagte er und rutschte an der Bordwand hin und her, berührte die leeren Bierdosen mit dem Fuß, dass sie leise blechern klapperten, »unser Vater ist zur See gefahren. Handelsmarine, ist irgendwann irgendwo an Land gegangen. Da waren wir noch Kinder.«

Er hatte mich vorhin mit einem Namen angesprochen, der nicht meiner war, aber ich hatte mir nichts dabei gedacht. Er reiste durch seine Zeiten und ich konnte nicht sagen, ob sein Motor noch rund lief, und ich wusste nicht, was ich denken und glauben sollte, war aber froh, nicht immer nur an diesen Morgen in meiner Wohnung denken zu müssen, war das überhaupt heute gewesen und was ... und was ...? »Und immer«, flüsterte er, »und immer haben wir uns vorgestellt, wo er jetzt ist, auf welcher Insel, auf welchem Schiff, unter welcher Flagge ...« Er starrte in die Kerze, neigte sogar den Oberkörper Richtung Flamme, sodass ich das Glänzen seiner Augen ganz genau erkennen konnte, und ich sah eine schmale langgezogene Narbe unter dem vorderen Dreieck seiner spärlichen grauen Haare.

»Wann bist du zurückgekommen«, frage ich, »was hast du vor, was ist passiert?« Aber er schweigt, den Kopf auf den Knien. Direkt über ihm ist ein Bullauge. Aber das ist so verdreckt, dass nichts zu sehen ist, auch wenn die Herbstnacht draußen sehr dunkel ist, gibt es doch ein paar Laternen drüben an der Straße. *Was ist passiert?* Sein Atem rasselt, wird aber ruhiger und gleichmäßiger jetzt, kurz denke ich, er schläft ein. Ich will aufstehen und gehen, obwohl ich nicht weiß, wohin, aber als ich mich bewege, die Beine verschiebe, hebt er den Kopf.

»Wenn du was zu trinken hast, Jonas ...«

»Nein«, sage ich, »nein. Ich bin der Mann mit dem Strom. Weißt du denn nicht mehr, der Mann mit dem Strom ...«

Er greift nach der Kerze, sehr langsam, und schiebt sie, sehr langsam, in meine Richtung und schaut mich an. Er blickt mich eine Weile an, hebt die Kerze sogar ein Stück, hält sie so zwischen unseren Gesichtern und dann lächelt er. »Ich wollte mich immer schon bedanken.«

»Ach lass«, sage ich, »das musst du nicht. Hast du doch auch schon, damals.«

»Doch, doch«, sagt er, und als würde ihm diese Erinnerung Freude bereiten, strafft sich sein Körper und er kriecht ein Stück näher zu mir ran, bevor er die Kerze wieder abstellt. »Wenn *du* mir nicht ... also du und dein kleiner Bruder, was macht eigentlich dein kleiner Bruder, hab ihn lange nicht gesehen ... also dann hätte ich meinen Laden schon früher dicht machen können. Aber vielleicht wär das ja das Beste gewesen. Aber wenn du nicht ... nein, das war meine beste Zeit, meine größte Zeit, der Golf, das Schiff, der Mann mit dem Strom.« Und jetzt lacht er. Und da muss ich auch lachen, weil ...

»Wirf rüber«, ruft er, »hol richtig Schwung!«

Und beim dritten oder vierten Versuch habe ich das lange Kabel endlich über die Mauer bekommen.

Er zieht dran auf der anderen Seite und brüllt: »Jetzt hab ich's! Gib Leine, Junge, gib Leine!«

Und später, in den Nächten, flackert das Licht in unserer Wohnung, obwohl er mir versprochen hat, nur noch mit Gas zu schweißen, und mein kleiner Bruder schimpft und geht ein paar Straßen weiter zu den Kiffern, mit denen er sich manchmal trifft.

»Haben mir einfach den Saft abgedreht, die Schweine. Wie hätte ich da weitermachen sollen ohne Saft. Und ohne dich.«

»Hast mich ja immer gut bezahlt«, sage ich, obwohl das nicht stimmt, oder nur zur Hälfte stimmt. Ab und an mal gab er mir einen Zwanziger und wenn er eine von seinen Karren verkauft hatte oder irgendjemanden die alte Karre für einen Freundschaftspreis repariert hatte sogar einen Fünfziger, aber das kam nicht allzu oft vor. Das Schiff gibt mir Ruhe, hält meine Gedanken zusammen, ordnet und zensiert meine Erinnerungen, aber ich muss von Bord. Als ich an Deck stehe, sehe ich kurz das alte Hafenbecken und die verfallenen Speicher, spüre mein Hemd schwer am Oberkörper, nass und klebrig und seltsam warm, spucke hustend aus, weil ein Geschmack von Eisen in meinem Mund ist, eher wie Rost, eher wie ..., sehe die Sonne rot hinter den Gewerbegebieten, dort endet auch irgendwo der Kanal mitten im Land, höre BUMM BUMM BUMM die Bullen, die behaupten, dass sie Bullen wären an der Tür. BUMM BUMM BUMM den wilden Schlag meines Herzens. Das kann doch keine S-Bahn sein um diese Zeit, ich stolpere durch die Dunkelheit zum Tor. Zwei Angler auf der anderen Seite starren mich an, als wäre ich ... als hätte ich, Sirenen irgendwo, dort drüben am anderen Ufer. Weit hinter den Anglern, ist ein kleiner Wald mit kleinen welligen Hügeln, dort bin ich vor vielen Jahren einmal Moped gefahren mit einem Freund, der ganz in der Nähe wohnte. Der einzige Freund, den ich in diesem Teil der

Stadt hatte und den ich dort ab und an besuchte, da war ich fast noch ein Kind und mein Bruder fast noch ein Baby, und als ich später dann dort hin zog, weg vom Bahndamm, weg von der Jacht und den alten Autos, war mein Freund aus der Kindheit schon längst verschwunden, war in den Westen gegangen. Aber eigentlich war ich ganz froh, dass wir allein waren, ich und mein Bruder, niemanden kannten am anderen Ende der Stadt, wo ich anfangs in einem Baumarkt Arbeit hatte, halbtags.

Der Wald rauscht. Selbst durch die Blöcke der Häuser höre ich das. Wo will ich hin? Ich muss zurück zu ihm. Das blauweiße Auto tauchte nicht wieder auf. Keine Sirenen, keine Lichtreflexe zwischen den dunklen Mauern. Ich kann nicht aufs Boot zurückgehen, ohne ihm etwas zu trinken mitzubringen. Die Straße ist dunkel. Dort vorne an der Ecke war früher eine Kneipe. Ich habe dort ein paar mal gesessen und getrunken, auch mit Frank, meinem Bruder war das nichts, der hing lieber mit den Kiffern rum. Der Laden hieß im Volksmund »Die braune Banane«, dort gab's einen NPD Stammtisch, aber auch jede Menge normales Gesindel, mit dem man's aushalten und trinken konnte. Ölverschmiert hat er dort mit mir angestoßen, einmal, das weiß ich noch ganz genau, sehe dieses Bild vor mir, wir tranken einen Klaren damals, tropfte so eine zähe schwarze Schliere von seiner Hand in sein schmales Schnapsglas. Sank ganz langsam bis auf den Grund. Aber vielleicht irre ich mich, spüre wie die Schlieren der Dunkelheit in mich hinein ... braune Banane. »Hast du, hast du sie gesehen?«

»Wen meinst du?«

»Wie sie da lag, hast du sie gesehen ... wie sie da lag, in ihrem eigenen Dreck, bis oben hin voll mit dem Zeug.« Er bäumt sich auf, sein Kopf schlägt gegen das Holz, ich strecke meine Hände aus, will seinen Kopf halten, der dumpf immer wieder an die Bordwand schlägt.

Richtig was los in der Kneipe. Er erzählt mir was von seiner Frau und seinem ersten Sohn, ich kann die alle nicht auseinanderhalten, wie sie da über den Hof und durch die Garage wimmeln. »Auf die Zukunft!« Schwarze Schlieren im klaren Glas. »Auf uns, auf die Zukunft!« Und da kommt tatsächlich so einer von den Braunen-Bananen-Jungs zu uns rüber, unterm Tisch liegt einer von den Hunden, die sonst immer bei den Autos lebten, sogar in ihnen, das war wie mit seinen Kindern, ich wusste nie genau, wer und wieviele. Ein Rottweilermischling war das unterm Tisch, noch ein ganz junger, Schäferhund mit drin, glaube ich, und der Typ, Glatzkopf, Marke NPD Jungvolk, beugt sich runter und fragt und meint den Hund damit: »Ist das der Adolf?« Verwechselt ihn wohl mit irgendeiner anderen Töle.

Wie der Hund zubeißt, daran denke ich jetzt. Wie er in die Hand reinschnappt. Und wie der Typ brüllt mit blutender Hand, und wie seine Kumpels rüberkommen, und wie wir aufspringen, und der Rottweiler ist viel zu jung und zu klein für den ganzen Stress und rollt sich knurrend und leise bellend an die Wand, und wir beide zeigen, dass wir Bambule machen können, wenns drauf ankommt. »Verpisst euch, lasst uns bloß in Ruhe!«

Ich hab keine Angst, weil er dabei ist. Hab ihn ein paar Mal schon in Aktion gesehen. Vor allem, wenn er was getrunken hat, wird er wild wie ein Tier, wie einer seiner Hunde sieht er dann fast aus, die Zähne gefletscht und ein heiseres Grollen kommt irgendwo tief aus ihm hoch. Er wird schnell wütend und legt sich mit allen möglichen Leuten an, wahrscheinlich verschwindet er deswegen von Zeit zu Zeit.

Die Fenster der Kneipe sind mit Brettern vernagelt, auf den drei Stufen zur Tür liegen vermoderte Laubblätter, von Straßenmüll durchsetzt, sicher hat der Wind sie vom Fabrikgelände, wo jetzt der Wald wächst, rübergeweht. Ein paar Häuser weiter muss der ausgebrannte Keller sein, ich überlege, ob ich hingehe, aber was soll das bringen, es ist doch alles so lange her und fast nicht mehr wahr, und mein Bruder ... Ich schüttele den Kopf, schüttele das Dröhnen dort heraus, sehe die Flammen, höre das Dröhnen des

Feuers ... Ich blicke auf den Dreck und Unrat vor der Kneipe, sehe wie sich dort etwas bewegt, im Schatten des Türbogens der Braunen Banane ....

ES GIBT NICHT VIELE MÖGLICHKEITEN, von hier zu verschwinden. Als wir damals Moped fuhren über die Hügel im Wald gegenüber vom Hafen am anderen Ende der Stadt, hätte ich nie gedacht ..., aber wer kann sich das schon alles vorstellen, was passiert, und obwohl ich in die Nähe des alten Hafens gezogen war, als ich mit meinem Bruder aus meinem Viertel verschwand, in dem wir schon als Kinder gespielt hatten, war ich nur manchmal bei den halb verfallenen Speichern, die sich im Hafenbecken spiegelten. Nur wenn mein Bruder angeln wollte, zumindest dachte ich, dass er angeln wollte. Habe extra eine Angel besorgt für ihn. Die meiste Zeit war ich am arbeiten oder hing zu Hause rum und kümmerte mich um meinen Bruder oder guckte Fußball in einer Kneipe, wo mich niemand kannte. Eine seltsame Müdigkeit, bis die verdammten Bullen kamen.

»Wo soll ich nur das Futter hernehmen?«

Er hatte den Schnaps nicht mal angerührt, den ich vor ihn hingestellt hatte. Er blickte an der offenen Flasche vorbei, dabei konnte ich den Fusel bis zu mir rüber riechen. Die Alte mit den Katzen hatte nur billigen Rumverschnitt gehabt und sicher hätte sie ihn nie rausgerückt, wenn sie gewusst hätte, dass er für ihn war.

»Was für Futter meinst du denn?« Ob die Flasche vielleicht nach Katzenfutter stinkt, dachte ich kurz, so wie die ganze Bude der Alten nach Katzenfutter gestunken hatte. Und nach Katzen. Und nach Katzenpisse und Katzenscheiße. Außer einem großen Sofa hatte sie kaum Möbel, weil überall Katzenklos rumstanden und so Kletterstangen aus Holz. Die Alte war immer schon da gewesen, gehörte zum Viertel, so wie die große Fabrik, die, obwohl sie längst abgerissen war, immer noch existierte und in dem Wald weiterlebte, und so wie *er* mit seinen Autos. Vielleicht war ich deswegen gegangen, damals.

»Meine Jungs müssen doch fressen, das geht

doch nicht, dass sie nichts kriegen. Wird doch bald hell, da werden sie unruhig gleich.«

Ich blickte auf die Uhr. Noch nicht ganz vier. »Ich kümmer mich drum«, sagte ich, »ich mach das schon, ist doch noch bisschen Zeit. Ich besorg deinen Jungs was zu futtern.«

Er nickte. Griff nach dem Rum. Setzte die Flasche an. Trank nur einen winzigen Schluck. Hustete. Sein ganzer Körper bebte und dröhnte. Ich spürte das Vibrieren in der Bordwand. Als wären wir im Zentrum eines Sturms, der uns nur leicht berührt dort, leichte Böen und unruhiges Wasser, während weiter drumherum die Hölle los ist. Darüber hatte ich einmal eine Doku gesehen, über Männer, die mit Kameras ... »Im Herzen der Stürme« oder so ähnlich.

Die Alte läuft aufgeregt durch ihre Bude. Katzen drängen sich an ihre Beine, es sieht aus, als wollten sie unter ihren Rock kriechen; einige haben ihre Schwänze steil aufgerichtet, bewegen sie und winden sie um ihre Beine. »Schön, schön, dass du sie mir zurückgebracht hast. Habe schon gedacht, es hätte sie erwischt. Ein böses Auto, ein böser Hund ...«

Wie sie ihn und seine Hunde gehasst hat! Er ließ sie ja immer frei rumlaufen, der verwilderte Bahndamm war nicht weit und dort waren die Katzen. Die konnten bei der Alten kommen und gehen, wie sie wollten. Und sie kümmerte sich auch um die wilden Katzen, die dort in der Nähe des Bahndamms und drüben in dem Wald auf dem alten Fabrikgelände lebten. Brachte ihnen Futter. Verjagte die Hunde. Kam zu seiner Garage und den Autos, um ihm was zu erzählen, laut und keifend meist. Dass das nicht geht mit seinen Hunden und so weiter. Dabei waren sie sich irgendwie gleich, sie doch die Retterin und Beschützerin der Katzen und er liebte eben die Hunde, holte die vernachlässigten und herrenlosen Stromer sonst woher. Ich hab damals immer versucht, zwischen ihnen zu vermitteln, deshalb ließ die Alte mich auch rein, denke ich, als mich diese dürre, rotbraune, halb verhungerte Katze bis zu ihrer Haustür führte. Ich brachte ihren

Liebling mit, das war entscheidend. Und eigentlich brachte ihr Liebling mich mit. Hatte sich im Laub vor der Tür der braunen Banane versteckt.

Das Gesicht der Alten war braun und zerknittert wie eine vertrocknete Bananenschale. »It's been a hard day's night«, singt er leise und falsch, den Kopf auf der Brust. Ich greife nach der Flasche, von der er kaum was getrunken hat, und nehme ein paar Schlucke. Mein erster Alkohol seit ein paar Tagen. Mein Herz schlägt ruhiger, zumindest bilde ich mir das ein. »Die Beatles«, flüstert er, »mein Vater hat die Beatles getroffen, in Hamburg. Anfang der Sechziger. Hat er uns immer erzählt, bevor er verschwand.«

»Die Beatles«, sage ich und trinke noch einen Schluck.

»Star-Club«, sagt er, »Star-Club, St. Pauli, Hamburg.« Und dann, etwas später, mein Zeitgefühl scheint nicht mehr richtig zu funktionieren, vielleicht hat er es auch davor gesagt, »habe dich eine Weile gesucht, als du einfach weggezogen bist, dich und deinen Bruder, damals.«

»Tut mir leid«, sage ich. Was soll ich ihm erklären, er hatte anscheinend alles vergessen, hatte das Rauschen und Dröhnen in seinem Kopf, so wie ich. Sollte ich erzählen von meiner Müdigkeit? Von den Bullen und von unbezahlten Strafgeldern für irgendwelche Dinge, die ich längst vergessen habe und wegen denen sie auch nicht an meine Tür schlugen? Von der Hummel auf dem Fensterbrett? Ich habe lange geschlafen, denke ich. Ich höre mich atmen, ich höre ihn atmen. Wie lange halte ich die Augen geschlossen? Das Flackern der Kerze bis unter meine Lider und tiefer noch und weiter noch in meinen Kopf. Das Flackern des Feuers, die Flammen schlagen aus den Kellerfenstern ... »Verdammt noch mal, was machst du hier für'n Scheiß!«

»Geld verdienen«, sagt mein kleiner Bruder und grinst, »haben wir von den Tschechen.«

Oft habe ich mit meinem Bruder in den letzten Jahren hier gesessen und geangelt. Schweigend. Weil er nicht mehr redet. Ich bin müde. Was Frank wohl gemacht hat in den letzten Jahren? Seine

Frau war ja hinüber, ich hatte sie liegen sehen, in der Wohnung von Trinker Thilo, zugedröhnt und irgendwelche Assis neben ihr und auf ihr, auch zugedröhnt. Und er hat auf dem Hof seiner Werkstatt von den Beatles und von Hamburg geträumt. Also wie sein Vater sie getroffen hat, die Beatles im Star-Club. Das Meer gesucht. Was weiß ich ...

Etwas streicht mir übers Gesicht. Ich öffne die Augen. Eine Katze auf der Sofalehne direkt über mir.

»So ist es eben manchmal«, sagt die Alte und ich verstehe den Zusammenhang nicht. »Nur ein dummer Zufall ...« Ich versuche mich aufzurichten, aber ich kann kaum die Arme bewegen und die Katze wegscheuchen, als wäre ich noch im Halbschlaf. »Dummer Zufall. Er verkauft das Zeug im ganzen Viertel, fast noch ein Kind, und du redest von Zufall.« Komisch, mit dem Sprechen funktioniert alles.

»Die Katzen werden oft überfahren, weißt du«, sagt die Alte, die vor mir am Tisch sitzt und sich Zigaretten mit Hilfe einer Drehmaschine dreht und mich dabei über ihre dicken Brillengläser ansieht, ohne dass ihre Finger langsamer werden; ist so eine von diesen billigen Drehmaschinen, wie man sie in Tabakläden kriegt.

»Nix Besonderes«, sagt sie und eine Katze springt auf den Tisch und schnüffelt an dem Tabak, fast wie ein kleiner Hund, »was will man machen.« Sie streichelt die Katze, leckt mit einer dunkel aussehenden Zunge über das Zigarettenblättchen. Ich weiß nicht, warum ich so müde bin. Das Murmeln der Alten klingt mir noch im Ohr. »Du kannst nichts dafür.« Katzen streichen an meinem Gesicht vorbei. »Du musst die Dinge vergessen. Geh angeln ...«

Wann hat es angefangen?, denke ich irgendwo im Dunkeln. Und als ich irgendwann die Augen öffne, sitzt da ein Mädchen oder eine junge Frau, halt!, das Schiff schaukelt und Frank brummelt irgendwas vor sich hin und hält die Flasche mit beiden Händen an seine Brust gepresst. Erst dann, weil ich die Augen wieder schließe, sie

so fest zudrücke, dass ich das Gefühl habe, sie würden gegen mein Hirn drücken, und als ich sie dann wieder öffne, die junge Frau, die Wohnung der Alten immer noch, frage ich mich, wie diese Nacht wohl enden wird, die am Morgen mit den Bullen vor meiner Tür begann und viel eher noch, viel eher, Jahre, Jahre her, und die junge Frau beginnt vor sich hin zu summen und blickt mich an dabei. »Unter spätblühenden Linden«, summt sie in einer seltsam schrägen Melodie, »besonders unter Silberlinden ...« Ich spüre jetzt, wie ich friere, und weiß nicht genau, welche Jahreszeit wir haben, stelle mir vor, dass die Angler große Löcher ins Eis des alten Hafenbeckens geschlagen haben, dort, wo ich sie am Vormittag sah, als ich erst in den Baum vor meinem Fenster geklettert war und die Schläge gegen meine Tür in mir weiterwummerten, als ich dann über Höfe und über Seitenstraßen zum Hafen gelangte, weil ich dachte, mich dort verstecken zu können. Die tote Hummel sagt, dass es vielleicht Herbst ist, Spätsommer oder auch schon November, aber ganz sicher bin ich mir nicht bei diesen Schlussfolgerungen.

»Und sie haben / und sie haben / kein Gedächtnis für die Zeit ...«, summt sie rhythmisch. Ich schaue sie an. Ihr Gesicht ist verbrannt, fast bis runter zum Knochen. Das Haar steht ihr in Fetzen vom Kopf ab oder das, was von ihren Haaren übrig ist. Ihre Lippen sind schwarz. Sie ist die Freundin, die ich einmal hatte, bevor ich in den anderen Teil der Stadt zog. Vögel flattern auf, während ich den Baum nach unten klettere. »Was musst du auch in diesen Scheißkeller gehen«, rufe ich, »was wolltest du denn bei ihm!«

»Wenn du nicht aufmachst, kriegst du etwas Rasierwasser ins Gesicht«, sagte der Bulle hinterm Gitter des Türfensters, das ich dann sofort wieder schloss. Er hielt eine kleine Spraydose in der Hand, richtete sie gegen mein Gesicht wie eine Pistole. Oder habe ich das nur geträumt, als meine Augäpfel gegen mein Gehirn drückten? Ein direkter Kontakt hatte doch nicht stattgefunden ... Mein Hemd ist fleckig und ich ziehe den

Reißverschluss meiner Jacke zu. Sie können nicht wissen, dass mein Bruder in der Küche sitzt und nichts mehr sagt, gar nichts mehr. Seit Jahren schon. Aber jetzt ist es anders. Sie müssen wegen was anderem gekommen sein.

»... im Gegensatz zu Honigbienen«, summt sie und wiegt den Oberkörper hin und her dabei, »die haben ein Gedächtnis für die Zeit.« Ihre verbrannten Lippen bewegen sich. Mein kleiner Bruder war immer gut in Chemie. »Es tut mir leid«, sage ich und strecke meine Hand aus, ziehe sie aber wieder weg, weil ihre Haut sich anfühlt wie Sandpapier und manche Stellen wie alte Baumrinde. »Ich hab nicht gewusst, dass er Meth kocht in diesem Keller, woher sollte ich das denn wissen ... dieser kleine Idiot.«

Ich blicke sie an und überlege, wie viele Jahre vergangen sind seitdem. Und ich wünsche, ich wäre verbrannt, ich wäre zur falschen Zeit in diesen verdammten Hobbykeller neben der braunen Banane gekommen, in dem mein kleiner Bruder mit den Kiffern Meth kochte, so wie sie es bei den Tschechen in den Bergen und Wäldern in kleinen Hütten und Kellern seit Jahren machen. Ein Kind sitzt auf der Sofalehne, direkt über mir, wo vorhin noch die Katze ihren Rücken bog und mir mit dem Schwanz übers Gesicht strich. Das Kind hat struppige Haare und ein seltsam schiefes Gesicht und sieht aus wie mein kleiner Bruder, als er noch ein Baby war. »Erzähl mir was«, sage ich in die Dunkelheit hinein, »erzähl mir was übers Meer, du wirst doch sicher mal dort gewesen sein. Ich erzähl dir was über die ...«

»Die über einen Wehrstachel verfügenden Hautflügler gehören zu den Stechimmen, auch Wehrimmen genannt.« Sie lacht. Wann hat sie aufgehört mit diesem schräg klingenden Summen?, aber ich begreife jetzt, dass sie die tote Hummel meint. Hatte es schon begriffen, geahnt, aber wusste zu wenig über diese Tiere, diese Insekten, die im Sommer durch den Baum vor meinem Fenster schwirrten, nur eine ruhte erschöpft auf meinem Fensterbrett. Ziehe sie aus meiner Hemdentasche und lege sie vorsichtig auf den Tisch. »Es tut mir leid«, sage ich, »ich hab's in Ordnung gebracht, hab's wenigstens versucht.« Das Zimmer ist von blauem Licht erfüllt, als würde es draußen anfangen zu dämmern. Zum Morgen hin. Diese blauen Stunden. »Wir müssten nur raus zu den Seen«, murmelt er, da er nichts weiß von dem Mädchen und der Alten und den Bullen und der Hummel, die sich zusammengerollt hat in der Tasche auf meiner Brust, und meinem Bruder, der in meiner Küche sitzt, »dann könnten wir von hier verschwinden.« Die Dinge passen nicht mehr zueinander, aber das ist mir egal.

ICH WEISS NICHT, wie lange er schon schweigt. Wie lange ich schon neben ihm sitze. Auch seine Frau und seine Kinder habe ich nie wieder gesehen, als ich aus dem Viertel verschwand. Ich erinnere mich, wie ich einmal für ihn vor Gericht ausgesagt habe, den Richter belogen, dass es Notwehr war, als er zuschlug, dass er den Streit nicht angefangen hat, obwohl das eigentlich nur eine halbe Lüge war. Seine Frau und seine Kinder und seine Hunde sind alle da, um ihn zu unterstützen, oder waren die Hunde in seinem alten Lieferwagen, draußen vorm Gerichtsgebäude? Hunde haben doch dort keinen Zutritt. Aber das war, bevor seine Frau mit dem Meth anfing und ziemlich schnell dran kaputtging. Ich hab erst begriffen, als mein Bruder und meine Freundin in diesem Scheißkeller hochgingen, was mit ihr los war und woher sie das Zeug hatte.

Ich konnte sie sogar verstehen, die kaputten Autos, die Kinder, der Alte und seine verrückten, unwirklichen Träume und diese Wüste der Vorstadt. Da will man weg, und kein Meer und kein Schiff, nur die alte, abgewrackte Jacht auf dem Hof. Manchmal denke ich, dass meine Freundin auch aus diesem Grund zu meinem kleinen Bruder in den Keller ging.

Ich weiß nicht, wie lange ich geschlafen habe und ob ich überhaupt geschlafen habe, neben ihm. Die Flasche ist umgekippt und die Schnapspfütze reicht bis zu meinen Schuhen. Er hat gar keine an, das sehe ich jetzt erst. Wundere mich darüber, denn er hatte, als ich kam, noch schwere, fleckige Arbeitsstiefel getragen. »Große Erdhummel an einer Kornblume«, summe ich und wundere mich, woher ich das habe. Beschließe, während ich meine leere Hemdtasche berühre, das wegzuschieben aus meinem Kopf. Sehe dann die Stiefel, die neben ihm im Schatten an der Wand stehen. Nur noch ein Teelicht brennt. Er muss sie ausgezogen haben irgendwann. Ich erzähle eine Menge, merke dann aber, dass ich es nur denke. So schweigen wir, bis ich spüre, dass er tot ist. Seine Augen sind geschlossen, ich muss nichts tun. Der zweite Tote an einem Tag. Wenn ich richtig gezählt habe. Mein Bruder ist still gestorben, meine Hände auf seinem Hals. Ich wünschte, er wäre damals mit seinem kleinen Methkeller verbrannt und nicht nur sie. Aber sie haben ihn gefunden, kurz bevor er erstickt wäre, sein Gehirn war schon halb tot. Ich versuche mir vorzustellen, wie es draußen aussieht. Franks Kopf liegt halb auf seiner Brust und die grauen Haare berühren sein Gesicht. Er riecht nach Öl und Schweiß und ungewaschenen Klamotten und ganz langsam mischt sich etwas anderes dazwischen. Ich ersticke die Flamme der Kerze mit meiner Schuhsohle. Der billige Rum der Alten kann und wird nicht brennen. Ich höre eine S-Bahn über die Brücke fahren. Ich sage »gut, gut.«

ENDE

Clemens Meyer, geboren 1977 in Halle/Saale, lebt in Leipzig. 2006 erschien sein Debütroman »Als wir träumten«, es folgten u. a. »Die Nacht, die Lichter. Stories« (2008), »Gewalten. Ein Tagebuch« (2010), der Roman »Im Stein« (2013), die Frankfurter Poetikvorlesungen »Der Untergang der Äkschn GmbH« (2016), die Erzählungen »Die stillen Trabanten« (2017), die Bände »Stäube« (2021), »Clemens Meyer über Christa Wolf« (2023) und der Roman »Die Projektoren« (2024). Clemens Meyer arbeitet auch als Drehbuchautor. Ein Teil seiner Werke wurde erfolgreich für Fernsehen und Kino verfilmt, für das Theater bearbeitet und aufgeführt. Für sein Werk erhielt Clemens Meyer zahlreiche deutsche und internationale Preise. Der vorliegende Band »Rückkehr in die Nacht« entstand als gemeinsames Werk mit dem Illustrator Phillip Janta und erschien erstmals im Jahre 2013.

Phillip Janta, 1980 in Erfurt geboren, studierte von 2001 bis 2008 an der Hochschule für Grafik und Buchkunst in Leipzig Illustration und Typografie. Er lebt und arbeitet als freiberuflicher Grafikdesigner und Illustrator in Leipzig. In der Connewitzer Verlagsbuchhandlung erschienen die von ihm illustrierten Bücher »Das kleine Lene Voigt Buch« (2007), »Hühnergott« (gemeinsam mit Jörg Jacob, 2016), »Westen werden« (gemeinsam mit Marcel Raabe, 2020).

André Göhlich, geboren 1976 in Jena. Er lebt und arbeitet in Leipzig. Seine Arbeit wurde bereits mehrfach ausgezeichnet, u. a. mit dem 1. Preis der Stiftung Buchkunst im Wettbewerb »Die schönsten deutschen Bücher 2005«.

Neuausgabe 2024

Gestaltung: André Göhlich, Leipzig
Schrift: Brothers
Druck: PögeDruck, Leipzig
ISBN 978-3-948814-17-5